Uma cidade como esta

Uma cidade como esta

Giovanni Raboni

Organização e tradução:
Agnes Ghisi e Elena Santi

jabuticaba

Dados Internacionais de Catalogação na Publicação (CIP) de acordo com ISBD

R116c Raboni, Giovanni

Uma cidade como esta / Giovanni Raboni ; traduzido por Agnes Ghisi, Elena Santi. - São Paulo : Edições Jabuticaba, 2024. 60 p. ; 14cm x 21cm.

Inclui índice.
ISBN: 978-65-0109-327-7

1. Literatura italiana. 2. Poesia. I. Ghisi, Agnes. II. Santi, Elena. III. Título.

2024-2140 CDD 851
CDU 821.131.1-1

Elaborado por Odilio Hilario Moreira Junior - CRB-8/9949

Índice para catálogo sistemático:
1. Literatura italiana : Poesia 851
2. Literatura italiana : Poesia 821.131.1-1

Organização e tradução: Agnes Ghisi e Elena Santi
Preparação e revisão: Cláudia T. Alves
Design miolo: Cesare Rodrigues
Capa: Bruna Kim, sobre gravura de Helena Freddi

9 786501 093277

Edições Jabuticaba
www.ediçõesjabuticaba.com.br
www.facebook.com.br/Edjabuticaba
instagram: @livrosjabuticaba

SUMÁRIO

Uma cidade como esta

Risanamento

Di tutto questo
non c'è più niente (o forse qualcosa
s'indovina, c'è ancora qualche strada
acciottolata a mezzo, un'osteria).
Qui, diceva mio padre, conveniva
venirci col coltello… Eh sí, il Naviglio
è a due passi, la nebbia era piú forte
prima che lo coprissero… Ma quello
che hanno fatto, distruggere le case,
distruggere quartieri, qui e altrove,
a cosa serve? Il male non era
lí dentro, nelle scale, nei cortili,
nei ballatoi, lí semmai c'era umido
da prendersi un malanno. Se mio padre
fosse vivo, chiederei anche a lui: ti sembra
che serva? è il modo? A me sembra che il male
non è mai nelle cose, gli direi.

Revitalização

De tudo isso
não tem mais nada (ou talvez algo
se entreveja, tem ainda algumas ruas
meio de pedregulho, uma bodega).
Aqui, dizia meu pai, era bom
vir com um canivete... Ah, sim, o Naviglio
fica a poucos passos, a névoa era mais forte
antes de o aterrarem... Mas aquilo
que fizeram, destruir as casas,
destruir os bairros, por aqui e por aí,
pra que serve? O mal não estava
ali dentro, nas escadas, nos pátios,
nos terraços, ali, quando muito, era úmido,
de se pegar um resfriado. Se meu pai
estivesse vivo, lhe perguntaria ainda: será que
serve de algo? é o jeito? Me parece que o mal
nunca está nas coisas, lhe diria.

Cinema di pomeriggio

Quasi sempre, a quest'ora
arriva gente un po' speciale (però
di buonissimo aspetto). Chi si siede
ma poi continua a cambiar posto,
chi sta in piedi, sul fondo della sala, e fiuta,
fiuta rari passaggi, la bambina
mezzo scema, la dama ch'entra sola,
la ragazza sciancata... Li guardo per sapere
che storia è la loro, chi li caccia. Quando
viene la luce penso come il cuore
gli si deve contorcere cercando
d'esser salvo piú in là, di sprofondare
nel buio che torna tra un minuto.

Cinema de tarde

Quase sempre, por agora
chega gente um tanto especial (porém
que é muito boa pinta). Quem se senta,
mas depois sai mudando de lugar,
quem fica em pé, no fundo da sala, e fareja,
fareja passagens raras, a menina
meio boba, a dama que entra sozinha,
a moça coxa... Assisto para saber
qual história é a deles, quem os caça. Quando
vem a luz penso em como o coração
deve se contorcer neles, buscando
ser salvo mais adiante, se afundar
no escuro que volta em um minuto.

Dalla mia finestra

Eh, le misure della notte, l'ambiguo
lume di luna che confonde
il protocollo dei marmi, l'ombra che ravviva
gli strombi delle finestre, le profonde
gole dei cornicioni
scampati (ancora per poco) al viceregno
delle imprese, al morso dei capitali
premiati col sette, sette e mezzo per cento mentre sai,
[con la campagna
è già tanto se copri le tue spese...

Pela minha janela

É, as medidas da noite, o ambíguo
lume de lua que confunde
o protocolo dos mármores, a sombra que reaviva
os vãos das janelas, as profundas
grutas dos umbrais
escapados (ainda por pouco) do vice-reino
das empresas, o aperto dos capitais
premiados com sete, sete e meio por cento, enquanto, sabe,
[com a lavoura
já é muito se cobrir as despesas...

Una città come questa

non è per viverci, in fondo: piuttosto
si cammina vicino a certi muri,
si passa in certi vicoli (non lontani
dal luogo del supplizio) e parlando
con la voce nel naso
avidi, frettolosi si domanda: non è qui
che buttavano i loro cartocci gli untori?

Uma cidade como esta

não é para se viver, no fundo: ou melhor,
se caminha perto de certos muros,
se passa por certos becos (não distantes
do lugar do suplício) e falando
com a voz no nariz
ávidos, apressados, se pergunta: não é aqui
que espalhavam os unguentos da peste?[1]

[1] *Untori* eram pessoas que, em 1630, durante a epidemia de peste em Milão, eram suspeitas de difundir o contágio, untando coisas e pessoas (portas das casas, bancos das igrejas), com unguentos maléficos. Contra eles foi direcionada a ira popular, e foram realizadas, também, perseguições judiciárias.
Tradução feita em colaboração com Mercede Guardato.

Il catalogo è questo

E poi, se vai in giro a piedi finisci
col conoscerle tutte: le vecchione
di via Lazzaretto, vispe
e a gruppi come comari; le borghesi
modeste, appena lugubri, in attesa
tra Ponte Vetero e l'Arena;
la bionda delle Cinque vie
con la sua faccia gonfia, lapidata. Dunque vedi
che è tutto diverso dai viali
dove le ragazze sono sane e sottili
e salgono ridendo con gente incappucciata
nelle chiare autoblindo…

O catálogo é este

E aí, se você sair a pé, acaba
por conhecê-las todas: as velhotas
da via Lazzaretto, travessas
e em grupos como comadres; as burguesas
modestas, quase lúgubres, à espera
entre a Ponte Vetero e a Arena;
a loira das Cinque Vie
com sua cara inchada, lapidada. Logo, vê
que é tudo diferente das avenidas
onde as garotas são saudáveis e sutis
e sobem rindo com gente encapuzada
nos claros automóveis blindados...[2]

---

[2] Tradução feita em colaboração com Mercede Guardato.

Come cieco, con ansia...

Come cieco, con ansia, contro
il temporale e la grandine, una
dopo l'altra chiudevo
sette finestre.
Importava che non sapessi quali.
Solo all'alba, tremando,
con l'orrenda minuzia di chi si sveglia o muore,
capisco che ho strisciato
dentro il solito buio,
via San Gregorio primo piano.
Al di qua dei miei figli,
di poter dare o prendere parola.

Como cego, com ânsia...

Como cego, com ânsia, frente
à tempestade e o granizo, uma
após a outra eu fechava
sete janelas.
Importava que eu não soubesse quais.
Só ao amanhecer, tremendo,
com a horrenda minúcia de quem acorda ou morre,
compreendo que rastejei
dentro do breu de sempre,
via San Gregorio primeiro andar.
Aquém dos meus filhos,
de poder dar ou tomar a palavra.

Posto

Si raggrinzisce
la città, perde sugo e odore la sua buccia se solo
pensassi di lasciarti. Non ci sarà
posto per camminare. Picchierò la testa contro i lampioni.
La crescita di foglie nei viali una cosa
che raspa in gola e mi fa vomitare.

Lugar

Murcha
a cidade, perde sumo e cheiro a sua casca só de eu
pensar em te deixar. Não vai ter
lugar para caminhar. Vou bater a cabeça contra os lampiões.
O crescer das folhas nas avenidas, algo
que raspa na garganta e me faz vomitar.

Si chiude come un pugno la città
nel lungo istante del rastrellamento
mentre piú in alto si raggruma un lento
ovest di sangue che lento si sfa

per miseria dei piú tratte a cimento
scimmie feroci cavalcando a pelo
con speroni e altri modi di tormento
nelle inferiori tenebre di gelo

e fischi e schianti fra le cupe aiole
e invece là nell'incorrotta luce
che forse a una tua nascita conduce
l'andante del quintetto con due viole.

Fecha-se como um punho esta cidade
durante a rusga no longo momento
quando acima se coagula um lento
oeste em sangue perdendo unidade

por miséria de outros no enfrentamento
macacos brutais cavalgam em pelo
com esporas e outros muitos tormentos
nas inferiores trevas de gelo

e silvos e estrondos nas tenebrosas
leiras, porém, lá na incorrupta luz
que acaso a um teu nascimento conduz
o andante do quinteto com duas violas.

Niente può rovinarmela la festa
del mattino, quando il sole che dà
fiato alla sua raucedine ridesta
a dolori e crimini la città

che amo e nel cuore la felicità
d'esserle ancora complice. S'arresta
a questo confine la potestà
di numeri e fantasmi, qui la cresta

sbrindellata alza la vita e tace
l'arcangelo del rimorso. È la luce
la mia morfina. Su, mi dico, datti

da fare, mostra di che sei capace,
ficca mani e naso dove riluce
come un tesoro l'ovvietà dei fatti.

Nada pode arruinar pra mim a festa
de um amanhecer, quando o sol que dá
fôlego pra sua rouquidão desperta
com as dores e os crimes a cidade

que amo, e tenho em mim a felicidade
de lhe ser ainda cúmplice. A esta
fronteira se detém a potestade
dos números e assombros, aqui a crista

lacerada levanta a vida e faz
calar o arcanjo do remorso. É a luz
a minha morfina. Vai, passa aos atos,

me digo, mostra-lhes do que és capaz,
finca mãos e nariz onde reluz
como um tesouro a obviedade dos fatos.

Come e quando la freccia del Natale
sibili non importa, si corrompe
qualsiasi luce, le piú estive pompe
sbiadiscono perché sia grigio e uguale

il giorno dove giubilante irrompe
la spudoratezza del gelo, quale
sonorità scavando sotto il viale
disalberato! e nessun rombo rompe

la perfezione dell'attesa. È lí,
è in quel vuoto d'aria che la mia storia
s'è incistata. O anime senza boria,

anime di via Pietro Verri, di
via Andegari, vegliate sulla sorte
di tanta infanzia maturata a morte.

Mas como e quando a flecha do Natal
assobie não importa, se corrompe
qualquer luz, mesmo as mais estivas pompas
desbotam porque seja gris e igual

o dia em que rejubilante irrompe
o descaramento do gelo, qual
som escavando sob a marginal
desmatada! e nenhum estrondo rompe

a perfeição da espera. É ali,
nesse vazio de ar que minha história
enquistou-se. Ó almas sem bazófia,

almas de via Pietro Verri, de
via Andegari, velem sobre a sorte
de tanta infância maturada em morte.

Freddissima resurrezione, da
anni non cosí: sui bastioni stenta,
torna clandestina la novità
delle gemme, un'immensa, macilenta

spoglia dilaga, copre la città
anche se già il crepuscolo s'inventa
con loschi bagliori un'eternità
senza gloria. Non piú della perenta

pelle in cui vive, da cui sguscerà
per vivere la serpe è questo niente
che ci separa, aria da foglie, gente

che aspetta pallidamente di qua
e di là d'una lapide, i non morti
ancora dai non ancora risorti.

Muita tão fria ressurreição, há
anos não é assim: nos bastiões pena,
retorna clandestina a novidade
dos botões, uma imensa, macilenta

sobra que transborda, cobre a cidade,
contudo, o crepúsculo já se inventa
com torpes brilhos uma eternidade
sem glória. Nada mais do que a perempta

pele em que vive, donde escorchará
pra viver a cobra, a nos separar
é apenas este nada, folhas do ar,

quem espera palidamente de cá
ou de lá de uma lápide, os não idos
ainda dos não ainda ressurgidos.

Sí, certo, sarebbe bello abitare
dove una vera guerra non c'è stata,
una città intatta, né bombardata
né ricostruita, da conquistare

un poco ogni giorno nella passata
sua gloria finché sconfitto scompare
ogni fantasma del presente e chiare
come un tempo alla mente non turbata

si fanno le voci dei morti. Uguale
sorte però non avrebbero, inutile
farsi illusioni, i sogni, se non vale

altro passato a mutarli, se sono
passato già essi, e in piú presente, in mutile
e reciproche attese di perdono.

Sim, claro, seria tão bom morar
onde a guerra não foi realizada,
cidade intacta, nem bombardeada
nem reconstruída, a se conquistar

um pouco todo dia na passada
sua glória até, vencido, dissipar
todo fantasma do presente e já
claras como antes à mente inturbada

se fazem as vozes dos mortos. Fado
igual porém não teriam – é nulo
se iludir – os sonhos, outro passado

não pode mudá-los, se eles já são
passado, e presente, também, em mútuo
e mutilado aguardo por perdão.

Nella piazza? sul corso? Chi lo sa,
non io di certo, io che non so nemmeno
quali esattamente sono le vene
e quali le arterie nella città

dove m'ostino a vivere e se viene
a travolgerci il suo sangue oppure a
infiltrarsi, a disperdersi, se va
verso i lebbrosari o verso le oscene

residenze dei satrapi il suo pus
incolore. Comunque, non di piú
che d'una fine finiranno – e intanto

cosa t'importa dove ferma l'omnibus
su cui siedono impettiti, uno accanto
all'altro, i moribondi in tight e gibus?

Na praça? pela avenida? Quem sabe,
eu com certeza não, eu que nem sei
quais exatamente é que são as veias
e quais são as artérias na cidade

em que me obstino a viver, se vem a
nos arrebatar, o seu sangue, ou há de
infiltrar-se, de dispersar-se, se há de
ir aos leprosários ou às obscenas

residências dos sátrapas, seu pus
incolor. Contudo, não mais do que um
término terminarão – e porém

o que te importa onde é que para o ônibus
onde sentam empertigados, bem
juntos, os moribundos de fraque e *gibus*?

«Ricevitoria del lutto» leggeva
inopinatamente sull'insegna
d'una stinta botteguccia l'indegna
di me e stanca mia vista che s'inneva

per troppa luce e va a picco se regna
o incombe la notte. Però solleva
dubbi la mente, súbito, fa leva
sulla norma, congettura, s'ingegna

a otturare con piú terra le fosse
e a soffiare sui ceri in sacrestia
per ristabilire, come se fosse

possibile, la lezione corretta...
Mi è successo davvero, un giorno, in via
della Scrofa, venendo da Ripetta.

"Casa lutérica" era isso o que lia
inopinadamente numa insígnia
da desbotada barraca a, indigna
de mim, lassa visão que se embacia

por muita luz e cai se predomina
ou incumbe a noite. Porém se cria
dúvidas a mente, logo, confia
na norma, conjetura, se designa

a obturar com mais terra ainda as fossas
e a soprar as velas na sacristia
para restabelecer, feito fosse

isso possível, a lição correta...
Ocorreu-me de fato, um dia, em via
della Scrofa, chegando da Ripetta.

Quanti fossero i pioppi che importanza
può avere? so che c'erano, che adesso
non ci sono, che a volte m'è concesso
di vederli, immenso fruscio, sostanza

visibile del vento – e so che è ancora
questa la linea che separa da
catastrofi nere o abbaglianti la
grigia dolcezza del giardino. Sfioralo

con gli occhi, soltanto, il sipario, lascia
che di là vada come sai che è andata,
che bruci la fabbrica bombardata
dalle fortezze volanti, che l'ascia

s'abbatta sulle betulle, che i morti
assassinino e perdonino i morti.

Quantos fossem os choupos que importância
pode ter? sei que havia, mas que agora
não há, que por vezes dado me fora
vê-los, imenso cicio, substância

visível do vento – e sei que a borda
é esta ainda, a que separa das
catástrofes pretas ou ofuscantes a
cinza doçura do jardim. Roça-o

somente com os olhos, o véu, deixa
que lá se passe como se passara,
e que queime a fábrica bombardeada
pelos fortes voadores, e que a acha

recaia sobre as bétulas, que os mortos
assassinem e perdoem os mortos.

Ci sono sere che vorrei guardare
da tutte le finestre delle strade
per cui passo, essere tutte le rade
ombre che vedo o immagino vegliare

nei loro fiochi santuari. Abbiamo,
sussurro passando, lo stesso sogno,
cancellare fino a domani il sogno
opaco, cruento del giorno, li amo

anch'io i vostri muri pallidamente
fioriti, i vostri sonnolenti acquari
televisivi dove i lampadari
nuotano come polpi, non c'è niente

che mi escluda tranne la serratura
chiusa che esclude voi dalla paura.

Há noites que gostaria de olhar
por trás de toda janela das ruas
onde passo, de ser todas as nuas
sombras que vejo ou imagino velar

em seus foscos santuários. Gozamos,
sussurro passando, do mesmo sonho,
de cancelar até amanhã o sonho
opaco, cruento do dia, amo-os,

também eu, seus muros palidamente
floridos, seus sonolentos aquários
televisivos em que os lampadários
nadam como polvos, é inexistente

o que me exclui, exceto a fechadura
fechada que lhes exclui da paúra.

Non sono poi cosí incerti i confini
del mondo: via Vitruvio, via Pisani,
via Bixio e, confusamente, i giardini
di via Palestro. Fuori è già domani:

aria di parate, di bombe al fosforo,
di cadaveri appesi a testa in giú.
Là si vivrà, forse, e anche con decoro
e, chissà, con qualche gloria – ma è piú

facile non farcela, è piú probabile
che l'asfalto ci inghiotta, che una statua
ci rovini sulla testa. Un'orribile
lebbra è già al lavoro, sbrana la fatua,

la luccicante... Ah stiamo qui, viviamo,
papà, mamma! dove vivi vi amo.

E não são assim tão incertos os confins
do mundo: Via Pisani, Vitrúvio,
Bixio e, confusamente, os jardins
da Palestro. Fora, já é futuro:

ar de paradas, de bombas de fósforo,
cadáveres de cabeça para baixo.
Lá até há vida, talvez, com decoro,
quiçá, com alguma glória – muito mais

fácil é não dar conta, é mais plausível
que o asfalto nos engula, que uma estátua
nos caia sobre a cabeça. Uma horrível
lepra já trabalha, lacera a fátua,

a cintilante... Ah, fiquemos, vivamos
cá, papai, mamãe! onde vivos os amo.

Quando in un punto del suo giro
un tram che viaggia in senso orario
sfiora per un istante uno di quelli
che viaggiano in senso antiorario
anche a noi passeggeri
dalle opposte destinazioni
càpita qualche volta di sfiorarci
con brevi occhiate da cui sbucano
malinconia e stanchezza
e un'ombra, solo un'ombra di pietà
simili a quelle che si scambiano
chi entra al Pini o in via Pace e chi ne esce
per pratiche attinenti
alla propria o all'altrui sopravvivenza.

Quando num ponto da sua trajetória
um bonde que viaja em sentido horário
beira por um instante um daqueles
que viajam em sentido anti-horário
mesmo a nós, passageiros
de opostos destinos,
acontece às vezes de nos beirarmos
com olhadelas desentocando
melancolia e cansaço
e uma sombra, só uma sombra de piedade
parecidas com aquelas que troca
quem entra no Pini ou na via Pace e quem sai
dali para trâmites atinentes
à própria ou à sobrevivência de outrem.

Dentro il tardo crepuscolo
delle nove e tre quarti del mattino
in attesa che il semaforo scivoli
dall'impossibile al possibile
come se niente fosse già avvenuto
appena piú in là di un'edicola
che da almeno trent'anni non c'è piú
ancora recalcitra, ancora
disperato ma incredulo s'interroga
su come cavarsela il cuore
se grondanti d'inchiostro
nel buio d'ottobre all'incrocio
tra via Pisani e viale Tunisia
i carri armati addentano l'asfalto.

Dentro do alto crepúsculo
das quinze para as dez da manhã
à espera de que o semáforo deslize
do impossível ao possível
como se nada já tivesse acontecido
pouco além de uma banca
que há pelo menos trinta anos não existe mais
ainda recalcitra, ainda
desesperado mas incrédulo se interroga
sobre como se safar, o coração,
se gotejantes de tinta
no breu de outubro no cruzamento
entre via Pisani e viale Tunisia
os tanques cravam os dentes no asfalto.

Ogni tanto succede
di attraversare Piazza Fontana.
Come parecchie piazze di Milano
anche Piazza Fontana
con le sue quattro piante stente
e il suo perimetro sfuggente
come se ormai nessuna geometria
fosse non dico praticabile
ma neanche concepibile
più che una piazza vera e propria
è il rimpianto o il rimorso d'una piazza
o forse addirittura (e non per tutti
ma solo per chi da tempo coltiva
più pensieri di morte che di vita)
nient'altro che il suo nome.

Por vezes acontece
de atravessar a Piazza Fontana.
Como muitas praças de Milão,
também a Piazza Fontana
com suas quatro plantas tristes
e seu perímetro esquivo
como se já nenhuma geometria
fosse não digo praticável
mas nem mesmo concebível
mais que uma praça verdadeira
é o pesar ou o remorso de uma praça
ou talvez até mesmo (e não para todos
mas só para quem há tempos cultiva
mais pensamentos de morte que de vida)
nada mais que seu nome.

Vai ter lugar para caminhar em Milão?

É hábito entre nós – com toda razão, aliás – definir Milão a São Paulo italiana. No entanto, neste mosaico de vinte poemas escritos e, às vezes, reescritos ao longo de quase quarenta anos, a metrópole captada por Giovanni Raboni nunca é "desvairada". É, sobretudo, um lugar mental, mais *lido* intensamente do que fotografado de forma impressionista, que concentra história, memória, restos e futuro numa comunhão visceral; lugar no qual o peso das ruínas, de um passado que benjaminianamente não quer silenciar sua voz, evita qualquer fuga complacente rumo à modernidade. Logo no poema de abertura, "Revitalização", por exemplo, as transformações urbanas sinalizam uma mudança geracional – *De tudo isso / não tem mais nada (ou talvez algo / se entreveja, tem ainda algumas ruas / meio de pedregulho, uma bodega)* –, antecipando temas ecológicos que estariam na base também do *Marcovaldo* de Italo Calvino; inclusive, um estudo recente mostra que de 2006 a 2020 Milão perdeu mais de 32% de superfície "viva", ou seja, uma porção de território asfaltado ou construído que não terá mais atividade biológica, porque a lei do lucro imobiliário não dá desconto: *das empresas, o aperto dos capitais / premiados com sete, sete e meio por cento, enquanto, sabe, com a lavoura / já é muito se cobrir as despesas...*

Mas o olhar de Raboni nunca para num lirismo íntimo, esterilmente saudosista, tanto que Andrea Zanzotto, outro grande intérprete da poesia italiana contemporânea, recentemente traduzido no Brasil, o define um verdadeiro poeta civil, para o qual é impossível "agir na solidão". E, de fato, Raboni se compenetra no espaço comunitário urbano numa oscilação contínua entre dentro e fora, interno e externo, fazendo da cidade um complexo sistema, um corpo a ser percorrido, transposto, até se tornar parte de seus órgãos: *Na praça? pela avenida? Quem sabe, / eu com certeza não, eu que nem sei / quais exatamente é que são as veias / e quais são as artérias na cidade // em que me obstino a viver, se vem a / nos arrebatar, o seu sangue, ou há de / infiltrar-se, de dispersar-se.* Coincidentemente, uns poucos anos antes do início da redação deste florilégio de Raboni, em 1943, ainda em pleno segundo conflito mundial – e os ecos da guerra também se percebem nos versos aqui reunidos –, um artista eclético como Alberto Savinio intitulava uma rapsódia de textos sobre Milão *Ascolto il tuo cuore, città* [Ouço seu coração, cidade].

E é no corpo da cidade habitada e frequentada pelo poeta, em suas praças, ruas e becos, que surgem, então, as imagens de uma memória histórica, por meio de verdadeiras epifanias, à maneira da Mrs. Dalloway percorrendo as ruas londrinas: epifanias de guerra – *como se nada já tivesse acontecido / pouco além de uma banca / que há pelo menos trinta anos não existe mais [...] os tanques cravam os dentes no asfalto* – ou que também dialogam de perto com os acontecimentos da peste do séc. XVII, já imortalizados pelo monumento literário à cidade, *Os noivos*, de Alessandro Manzoni – *não é aqui / que espalhavam os unguentos da peste?* Mas nesses versos também não tardam a despontar os rastros da crônica mais urgente, sinalizados por uma simples referência àquela que *mais que uma praça verdadeira / é o pesar ou o remorso de uma praça*; ou seja, a quase anônima Piazza Fontana (do lado da bem mais badalada Piazza del Duomo), lugar de um sangrento atentado que em 1969 deu início ao período dos anos de chumbo na Itália.

Os poemas de Raboni compõem uma escala cromática da cidade feita de contrastes íntimos que, como dito, vão de uma observação para uma participação e um viver nunca passivos e contemplativos. Contudo, a responsabilidade de compartilhar de um destino ou bem coletivo não quer abrir mão totalmente da posição privilegiada de um olhar de fora, que saiba percorrer as dobras do tempo e do espaço. Valerio Magrelli, renomado poeta e francesista, fala um pouco desses processos de deslocação ótica e mental em *Vedersi vedersi* [Ver se vendo], encentrados na figura de Paul Valéry, que observava a paisagem pela janela do trem até fixar, ao cair da noite, seu olhar para sua própria imagem refletida no vidro agora escuro. Já Raboni, digamos, leva adiante esse processo e escapa da interioridade quebrando idealmente essa barreira, numa tentativa de inversão de seu papel, um pouco pessoanamente, de observador para ser da multidão: *Há noites que gostaria de olhar / por trás de toda janela das ruas / onde passo, de ser todas as nuas / sombras que vejo [...] é inexistente / o que me exclui, exceto a fechadura / fechada que lhes exclui da paúra.*

A presença de um limiar, de resto, se faz obsessiva na poesia de Raboni e descobrimos ser esse mesmo limiar nada menos que a morte. Não é então uma coincidência que o autor milanês revisite, em outra ocasião, o mito de Alceste. Configurando assim o espaço de suas próprias andanças pela cidade como um entrelugar, que lhe permite, mais uma vez, transitar por estados de tempo e de consciência: *Ó almas sem bazófia, // almas de via Pietro Verri, de / via Andegari, velem sobre a sorte / de tanta infância maturada em morte;* e mais: *a nos separar / é apenas este nada, folhas do ar, // quem espera palidamente de cá / ou de lá de uma lápide, os não idos / ainda dos não ainda ressurgidos.* Mas o breve instante da revelação, num olhar fugitivo, pode finalmente chegar para os transeuntes sonâmbulos de uma cidade agora mecanizada, feitos quase uns Orfeus desencantados, quando bondes vindos de direções opostas se cruzam: *mesmo a nós, passageiros / de opostos destinos, / acontece às vezes de nos beirarmos / com olhadelas desentocando / melancolia e cansaço.* Ou, ao contrário, pode ser mais fácil esquecer de suas existências buscando salvação no escurinho, lido como trevas, de um cinema.

Afinal, cabe nos perguntar que tipo de caminhante é Raboni, pensando também nas cartografias literárias traçadas pelos vários Sebald, Bernhard, Walser, Woolf, Benjamin, Magris, Tokarczuk, ou por autores como Sereni, Testori, De Angelis, Cucchi que fizeram da própria Milão uma cidade de altíssima concentração poética. Anotou uma vez Peter Handke, em *A noite do Morava*, algumas tipologias de andarilhos que carregam, no breu e em fuga da guerra, danação e esperança. Entre elas – sugere o escritor austríaco – existe a categoria dos que, como quimeras, podem mudar de semblante no meio de um passo, se transformando de pacífico para aflito, de falsamente belo para belo de verdade, de regrado para perigoso. No fundo, é a humanidade cambiante das esquinas milanesas que se reflete no passo de Raboni. Ele ama profundamente sua cidade natal, mesmo ou até mais em seus momentos de degradação: *Murcha / a cidade, perde sumo e cheiro a sua casca só de eu / pensar em te deixar. Não vai ter / lugar para caminhar.* Enfim, seguindo as palavras de Raboni, Milão não é para se viver, mas talvez, por isso mesmo, valha a pena ser vivida.

Andrea Santurbano

Origem dos poemas:

Os poemas presentes nesta edição são baseados nos originais publicados em *Tutte le poesie 1949-2004*. Turim: Einaudi, 2014.

Sobre as tradutoras:

Agnes Ghisi é mestra em literatura, tradutora, professora de italiano na escola Italiano Oggi, co-criadora e mediadora do clube de leituras Letturine (@letturineclube). Traduziu microcontos de Cesare Pavese publicados em *Trabalhar é um prazer e outros microcontos* (7Letras, 2022) e poemas de Patrizia Valduga, em *Sabe seduzir a carne a palavra* (Edições Jabuticaba, 2023).

Elena Santi é pesquisadora, tradutora e professora da Universidade Federal de Juiz de Fora. Pelas Edições Jabuticaba publicou as traduções *Virá a morte e terá os teus olhos*, de Cesare Pavese com Cláudia Alves (2022) e *Sabe seduzir a carne a palavra*, de Patrizia Valduga com Agnes Ghisi (2023). Traduziu e organizou uma plaquette dedicada à Laura Accerboni, *Água água fogo* (Macondo, 2024). É doutora em literatura pela Universidade Federal de Santa Catarina e suas pesquisas se concentram na área de literatura italiana, poesia contemporânea e literatura comparada.

Outros títulos das Edições Jabuticaba

Discoteca Selvagem
Cecilia Pavón
trad. Mariana Ruggieri e Clarisse Lyra

Virá a more e terá os teus olhos
Cesare Pavese
trad. Cláudia T. Alves e Elena Santi

Botões Tenros
Gertrude Stein
trad. Arthur Lungov

Por qual árvore espero
Eileen Myles
trad. Mariana Ruggieri, Camila Assad e Cesare Rodrigues

Variações sobre tonéis de chuva
Jan Wagner
trad. Douglas Pompeu

O livro do Martim
Daniel Francoy

Que tempos são estes
Adrienne Rich
trad. Marcelo F. Lotufo

Por trás e pela frente primeiro
Kurt Schwitters
trad. Douglas Pompeu

As Helenas de Troia, NY
Bernadette Mayer
trad. Mariana Ruggieri

O método Albertine
Anne Carson
trad. Vilma Arêas e Francisco Guimarães

O hábito da perfeição
Gerard Manley Hopkins
trad. Luís Bueno

Os elétrons (não) são todos iguais
Rosmarie Waldrop
trad. Marcelo F. Lotufo

Cálamo
Walt Whitman
trad. Eric Mitchell Sabinson

Nocaute / 6 poetas / Cuba / hoje
org. José Ramón Sánchez
trad. Rodrigo A. do Nascimento e Mariana Ruggieri

Ova Completa
Susana Thénon
trad. Angélica Freitas

Sotto Vocce e outros poemas
John Yau
trad. Marcelo Lotufo

História do Leite
Mónica Ojeda
trad. Ayelén Medail

Percurso livre médio
Ben Lerner
trad. Maria Cecilia Brandi

O velho que não sente frio
Daniel Francoy

Vontade de ferro
Nikolai Leskov
trad. Francisco de Araújo

Cidadã
Claudia Rankine
trad. Stephanie Borges

Cada um a seu modo
Marcelo F. Lotufo
posfácio Vilma Arêas

X, Y, Z
Carolina Tobar
trad. Marcelo Lotufo

Meus poemas não mudarão o mundo
Patrizia Cavalli
trad. Cláudia T. Alves

Moldávia
Timo Berger
trad. Douglas Pompeu

Caderno Goiabada
nina rizzi
posfácio Heloisa Buarque de Hollanda

Poemas mais ou menos de amor
Diane di Prima
org. e trad. Fernanda Morse

Rua Maravilha Tristeza
Frederico Klumb

9 786501 093277

Este livro foi impresso na gráfica Psi7,
em papel pólen natural 80 g/m^2 e cartão 250g/m^2
e composto em Adobe Garamond Pro.